太好玩了！超有趣的宋词

东寻 ◎ 著

石油工业出版社

图书在版编目（CIP）数据

太好玩了！超有趣的宋词/东寻著.—北京：石油工业出版社，2022.12
（太好玩了！漫画中国文学）
ISBN 978-7-5183-5474-0

Ⅰ.①太… Ⅱ.①东… Ⅲ.①宋词—儿童读物 Ⅳ.①I222.844

中国版本图书馆CIP数据核字（2022）第111540号

太好玩了！超有趣的宋词

东寻 著

出版发行：石油工业出版社
　　　　　（北京市朝阳区安华里二区1号楼　100011）
网　　址：www.petropub.com
编 辑 部：（010）64523689
图书营销中心：（010）64523731　64523633
经　　销：全国新华书店
印　　刷：三河市嘉科万达彩色印刷有限公司

2022年12月第1版　　2022年12月第1次印刷
880毫米×1230毫米　　开本：1/32　　印张：4.5
字数：50千字

定价：39.80元
（如发现印装质量问题，我社图书营销中心负责调换）
版权所有，侵权必究

作者：东寻

幽默风趣，能写会画，
超级勤奋，从不自夸。

水豚君

搞怪小天使，呆萌万人迷，
与人为善第一名。

小嘿

已经3秒没有发脾气的猫型"暖心宝"，
用最臭的脸做最暖的事。

目 录

1. 词：宋朝的"语文课代表" 001
2. 开路大佬，晚唐五代词人 007
3. 北宋早期词：还年轻，需要历练 014
4. "全职"词人柳永 022
5. 豪迈"一哥"苏轼 029
6. 天才是九分豪迈加一分柔情 036
7. 周邦彦："流行金曲"创作人 042
8. 南北宋之交词作：战争来了，爱情靠边 049
9. 婉约"一姐"李清照 055
10. 先甜后苦的李清照词作 061

11 爱国词人辛弃疾：一手舞剑，一手写词 …… 067

12 "廉颇老矣，尚能饭否？" …… 073

13 "南漂艺人" 姜夔 …… 079

14 林逋、陆游告诉你，词人的多重身份 …… 085

15 宋朝时尚：女戴假发，男戴花 …… 092

16 踢足球、养宠物，宋人玩得还挺潮 …… 098

17 宋朝新奇小吃：油炸桧、消夜果 …… 104

18 来一杯醉人的大宋饮品 …… 110

19 跟着词人过一天都市生活 …… 116

20 大宋夜生活：租车、发帖、失眠 …… 121

快乐读宋词 …… 128

词：宋朝的"语文课代表"

有一个"小孩儿"出现在隋唐时期。

在诗歌"称霸"的唐朝，"小孩儿"似乎没啥存在感。

"小孩儿"慢慢成长,终于熬过唐朝,来到宋朝!

这个"小孩儿"就是"词"。

"词"在隋唐出现,在宋朝繁荣,是宋朝的代表性文学。

"词"可以配合音乐演唱,算是一种歌词。

隋唐时期,来自西域的音乐遇见了中原音乐,它们互相融合,形成了"燕乐"。

为了把燕乐唱出来,古人创作了相应的歌词。在唐朝,这些歌词被称为曲子、曲子词等,后来被简称为"词"。

《诗经》也可以配合音乐来演唱,那它和词有什么区别?

《诗经》以及后来的汉乐府诗、唐诗等,句式整齐,比如这首乐府诗《江南》:

"词"就不一样,它的句式有长有短,灵活多变,因此也被叫作"长短句"。(《诗经》和唐诗中也有长短句,但数量不多。)

写词也要守规矩,首先要配合曲调来创作,曲子不同,填词的格式也不同。

每支曲调都有自己的"词牌名",也就是歌名,比如《念奴娇》《菩萨蛮》等,知道了词牌名,就等于知道了写词的格式。

写词还要配合曲调的节奏,大致有令、引、近、慢等几种。"令"的拍子较短,"引"和"近"稍长,最长的是"慢"。

词的字数也有讲究,58字以内叫"小令",59到90字叫"中调",91字以上叫"长调"。

按照创作风格,词又分为婉约派和豪放派。

虽然词有规矩要遵守,但它的曲式、题材非常丰富,这就给创作带来了一定的自由度!

现在我们知道宋朝的"语文课代表"是"词",而唐朝的"语文课代表"是"诗",那它们是"死对头"吗?

其实宋朝也有诗歌,词的出现并没有取代诗歌。

而且宋词能够壮大,一部分唐朝诗人也是有功劳的,身为"词"可不能忘本!

为什么这么说?下一节告诉你。

2 开路大佬,晚唐五代词人

早期的词主要流行于民间,直到它引起了一些唐朝"大佬"的兴趣。

大诗人白居易、刘禹锡等纷纷参与填词,其中白居易写过一首很有名的《忆江南》:"江南好,风景旧曾谙。"

几位大佬写的词虽然不多,但靠着他们的影响力,词进入了文坛。

时间来到了晚唐,越来越多的文人开始写词,又出现了一位大佬——温庭筠!

温庭筠既是诗人,也是词人。写诗,他能够跟李商隐齐名,被称为"温李";写词,他则是"花间词派"的鼻祖。

"花间词"大多描写男女的悲欢离合、思念之情等,风格婉约缠绵。

温庭筠擅长用行为和环境描写来反映人物的情感。"梳洗罢,独倚望江楼。"(《望江南》)

词句通过女子梳洗打扮和登楼远眺,刻画出人物的孤单。

和温庭筠齐名的另一位晚唐词人是韦庄,二人并称"温韦"。韦庄表达情感则很直接,比如这句"纵被无情弃,不能羞。"(《思帝乡》)就算被无情抛弃也绝不后悔!

唐朝灭亡后,词也没有停下发展的脚步,这一时期华夏大地出现了后梁、后唐、后晋等多个政权,被称为"五代"。

五代有不少著名词人,其中成就较高的是李煜。

李煜多才多艺,还是一国之君,世称"南唐后主"。

李煜是个优秀的艺术家,却不是优秀的政治家,在位期间他没有什么太大的建树,后来还成了亡国之君。

南唐被北宋灭亡后,主动出降的李煜被宋太祖封为违命侯,实际上他过的却是囚徒一般的生活。

几年后,李煜写了一首《虞美人》,其中一句写道:"小楼昨夜又东风,故国不堪回首月明中。"

亡国之君居然明目张胆地写词怀念故国,据说宋太宗知道这件事以后很生气,便派人将李煜毒死……

李煜的词可以分为两个时期，前期主要描写宫廷享乐和男欢女爱，比如"春殿嫔娥鱼贯列"（《玉楼春》）讲的就是宫廷宴会上美女如云的大场面。

后期（亡国后）李煜过着屈辱、痛苦的生活，他的词也变得凄苦、无奈。

"独自莫凭栏，无限江山。别时容易见时难。"（《浪淘沙令》）

好了，盘点了一些晚唐以及五代词人，这些人为词的成熟做出了非常重要的贡献，可以说是词的先驱。

进入宋朝以后，城市经济繁荣，歌舞等文化娱乐活动非常丰富，人们对音乐的需求进一步刺激了词的创作。

与此同时，大量优秀的宋代词人对词进行发展和革新，使得词在宋代一步步走向了高峰。

3
北宋早期词：还年轻，需要历练

词在唐朝的处境大概就像"小弟"拜见"大哥"。

那年十八，大唐文坛，站着如小弟

来到宋朝以后，词一夜之间化身"大佬"了吗？并没有。

词在北宋初期经历了一段过渡时期,这一时期的词大多继承晚唐、五代的词风,并有一定的发展和创新。

晏殊、晏几道父子是过渡时期的代表词人之一,他们被后世称为"二晏""大小晏"。

父与子

晏殊小时候有"神童"之称,后来做了宰相,过着锦衣玉食的日子。

正因为日子过得很滋润,晏殊的词大多显得优雅从容。"绿酒初尝人易醉。一枕小窗浓睡。"(《清平乐》)就算有一些感叹人生的词作,也只是带着淡淡的忧伤。"无可奈何花落去,似曾相识燕归来。"(《浣溪沙》)

一点点忧伤

再来看看晏殊的儿子晏几道,他性格孤傲,哪怕做官受阻,也不肯求达官贵人帮忙。

我命由我不由贵人!

父亲去世后,晏几道家道中落,生活的困顿让他的词变得伤感、无奈。

"身外闲愁空满,眼中欢事常稀。"(《临江仙》)

晏几道最拿手的题材是爱情,他描写情人间相思相爱、聚散离合非常动人。

"琵琶弦上说相思。当时明月在,曾照彩云归。"(《临江仙》)

范仲淹也是过渡时期的词人之一。

他通过刻苦读书踏上了仕途,在朝廷里他为人刚直,敢于秉公直言。然而此举得罪了权贵,导致他多次被贬官。

尽管如此,范仲淹依然怀抱着"先天下之忧而忧,后天下之乐而乐"(《岳阳楼记》)的精神,一生忧国忧民。

太好玩了!

范仲淹的词大多描写边塞生活,风格或豪迈、或悲壮。
"人不寐,将军白发征夫泪!"《渔家傲》
夜深了,是谁还没入睡?是那白了头的将军和流泪的征夫。

说完范仲淹,再来认识一下欧阳修。

职业　政治家、文学家

朝代　北宋

姓名　欧阳修

欧阳修和范仲淹是同事，范仲淹因为敢于直言被贬官，欧阳修出面为他辩护，结果也惨遭贬官。

后来欧阳修被朝廷召回，还翻身做了宰相。

欧阳修写诗、写词都有极高成就，散文也是名满天下，是"唐宋八大家"之一。

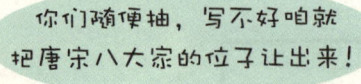

你们随便抽，写不好咱就把唐宋八大家的位子让出来！

词作方面,欧阳修比较擅长描写男女恋情和生活闲情。
"花柳青春人别离。低头双泪垂。"(《长相思》)

在花和柳最美的春天,
人却要分离,
忍不住泪流满面。

知识小补充:

欧阳修和晏殊在词风上比较接近,两人并称为"晏欧"。以上列举的几位,他们的词大多属于"令",篇幅较短。

燕窝?
什么燕窝?

是"晏欧",不是"燕窝",
耳朵不用,可以捐掉!

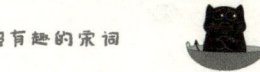

"全职"词人柳永

柳永,也被称为柳三变。

前面说过的晏殊、欧阳修等人本职是"公务员",写词可以说是"业余爱好"。柳永则是"全职"词人。

相传,柳永参加科举考试失败后,在一首词中写道:

"忍把浮名,换了浅斟低唱!"(《鹤冲天》)

意思是功名算个啥,不如把它换成美酒和歌声!

宋仁宗看到这首词,生气道:"去喝你的酒、唱你的歌吧,别来考功名了!"

从此以后,柳永就称自己是"奉旨填词柳三变"。

考场失意的柳永过上了放荡不羁的生活,经常出入青楼,为歌女写词。教坊(古代掌管宫廷歌舞的机构)里的乐师谱出新曲,也时常请他填词。

柳永的词通俗易懂、优美动人，红遍了大江南北，乃至有人说："凡有井水饮处，即能歌柳词。"（《避暑录话》）但凡有个能喝水的地方，就能听到有人吟唱柳永的词。

虽然柳永靠写词获得了大量"粉丝"，但这终究不是一份正当的职业。

在娱乐场所晃荡多年以后,柳永又拾起了最初的梦想,决定再一次参加科举考试。

太阳当空照,花儿对我笑,
小鸟说,早早早……

这一次柳永顺利考中进士,后来担任了"屯田员外郎",因此世人又称呼他为"柳屯田"。

柳永虽然做了官,但他的晚年依然穷困潦倒。

据说柳永去世后,还是多亏了歌女们集资才得以安葬。柳永长期接触底层人民,这使得他的词非常贴近大众生活。

柳永是性情中人,他的大量词作都与爱情有关。

"衣带渐宽终不悔,为伊消得人憔悴。"(《蝶恋花》)

我日渐消瘦也不觉得懊悔,为了你我情愿一身憔悴。

柳永的词充满了画面感,情景交融。

"都门帐饮无绪,留恋处、兰舟催发。执手相看泪眼,竟无语凝噎。"(《雨霖铃》)

没有心情去喝送别的酒,正恋恋不舍时,船上的人催着要出发了。含泪握住彼此的手,哽咽得说不出话来。

相比北宋初期的词作,柳永的词有许多突破。

其一,北宋初期的"令"词短小精悍,柳永则大量创作"慢"词,用更长的篇幅来讲述复杂的故事,表达丰富的情感。

其二,都市生活、行旅生涯等都来到了柳永的笔下,他在一定程度上扩展了词的题材。

总之,柳永的出现,将词推上了一个崭新的阶段。

5 豪迈"一哥"苏轼

现在,请你系好安全带,因为我怕你顶不住接下来要出场的这位文豪的冲击!此人乃是大宋词坛的传说,他就是……

苏洵还是要介绍的,他和苏轼、苏辙(苏轼的弟弟)凭文章闻名于世,父子三人均位列"唐宋八大家",世称"三苏"。

但这一节我们主要说苏轼。

苏轼,号东坡居士。他从小勤奋好学,后来随父亲前往京城参加科举,年纪轻轻就考中进士。

考试,易如反掌

苏轼参加科举的主考官是欧阳修。欧阳修既是文学家，也是政治家，想在两个方面同时获得大佬认可并不容易。

但是苏轼的考卷深受欧阳修赏识，后来他推荐苏轼参加殿试，苏轼一考就入了三等，名震一时。

然而苏轼没有风光太久就遇到了人生的转折点。

父亲去世后，苏轼回家守孝，当他再回到朝廷，正好遇到王安石推行变法改革。

苏轼对改革中的一些政策不满，写了诗文进行批判，结果被人诬陷，说他诽谤朝廷。结果，苏轼获罪入狱，这就是"乌台诗案"。

苏轼入狱后,很多人替他求情,据说其中还有皇太后。总之经过众人的努力,苏轼死罪是免了,但活罪难逃,最终被贬官。

苏轼被贬后,依然有人惦记着他的才华,比如政治家司马光。后来司马光做了宰相,便将苏轼推荐给了朝廷。

司马光一派主张全面废除王安石的新政,然而苏轼又不赞成了,毕竟新政中也有一些政策是好的。

结果苏轼这一举动又得罪了当权者,导致他再次被贬……

后来苏轼受到赦免得以北归,第二年逝世于常州(今江苏省常州市)。

虽然苏轼的人生充满了起起落落,但有一样东西很稳,就是他的才华。咱们下一节细说。

6
天才是九分豪迈加一分柔情

苏轼是全面发展的天才,他的才华主要体现在……

苏轼号"东坡居士","东坡肉"(类似红烧肉的一道菜)据说是苏轼发明的。

作为诗人,苏轼有不少关心百姓、批评朝政的诗歌。

作为书法家,他留下了气势磅礴的《黄州寒食帖》等。

作为画家,他擅长画竹子、怪石等,并且提倡"文人画",也就是不用画得多像,重点在表达内涵和寓意。

苏轼写散文能把自己写成"唐宋八大家"之一,写词更是豪放派"一哥"。

下面重点讲一讲苏轼的词。

柳永等人对词的题材有一定突破,但突破程度有限。

柳永等人的词作仍然以爱恨离愁等主题为主。

到了苏轼,他大胆地将诗歌中的咏物、行旅、时政等题材融入词作,夸张点说,就没有什么是他不能写成词的。

这也可以写成词?
没错!
"家童鼻息已雷鸣。
敲门都不应……"
(苏轼《临江仙·夜归临皋》)

苏轼乐观的性格让他形成了豪迈的词风。"羽扇纶（guān）巾，谈笑间、樯橹灰飞烟灭。"（《念奴娇·赤壁怀古》）手摇羽扇，头戴纶巾，谈笑间便将敌船烧个灰飞烟灭！

就算经历大起大落，苏轼的词仍然充满自强不息的精神。"谁道人生无再少？门前流水尚能西，休将白发唱黄鸡。"（《浣溪沙》）

豪情不是光靠吆喝，苏轼的豪迈中还充满了惊人的想象力。
"明月几时有？把酒问青天。"（《水调歌头》）

当然，苏轼是全才，哀婉、悲痛的词他也能写，其中最有名的是他纪念亡妻的一首词。

"夜来幽梦忽还乡，小轩窗，正梳妆。相顾无言，惟有泪千行……"（《江城子·乙卯正月二十日夜记梦》）

梦里我又回到了故乡，看到你正在窗前梳妆。我们凝望着彼此，没有言语，只有泪千行……

周邦彦:"流行金曲"创作人

苏轼在北宋火了以后,收获了大批写词的"粉丝",也就是"苏门词人"。

苏门词人中以黄庭坚、秦观、晁补之、张耒(lěi)最为出色,他们被称为"苏门四学士"。

苏轼和苏门词人可谓群星闪耀,但苏门的光辉也没有完全盖住某些闪亮的星光,其中最出色的代表要数周邦彦。

周邦彦,北宋后期著名词人,婉约派集大成者。

苏轼写词力求打破传统,不愿为了配合音乐而裁剪词句。乐师们对苏轼很头疼,词曲不配合那还怎么唱嘛!

苏先生,您填词可不可以不要这么放飞自我?

周邦彦就不一样，他曾在大晟府任职，负责审定古调，是一位专业的"音乐人"，会编曲，也会写词。

周邦彦的词布局精巧，严格讲究格律，能跟音乐完美结合。

据说他每写完一首词,都会变成"流行金曲",深受世人喜爱。

如果说苏轼写词豪迈奔放，不拘小节，那么周邦彦就是偏要"拘小节"，非常讲究章法。

周邦彦的《兰陵王·柳》就是讲究章法的好例子。

词作开篇就写景："柳阴直，烟里丝丝弄碧。"大意是垂下的柳条在青烟里微微摆动。

之后的内容就是叙事,大意是举起酒杯,奏响音乐,为朋友送别。载着朋友的船走得像箭一样快,等到回头一看,送别的人已经在遥远的天北。

最后一句抒情。

"沉思前事,似梦里,泪暗滴。"

沉思往事,好似一场梦,眼泪不声不响地落了下来。

周邦彦描写事物极其细腻，比如他写荷花是这样的：

"水面清圆，———风荷举。"（《苏幕遮》）

水面上的荷花清丽圆润，微风吹来，一片片荷叶抬起了头。

但是周邦彦在题材上仍然受限于男欢女爱、离愁别绪，对比苏轼可以说是有所差距。

8
南北宋之交词作：战争来了，爱情靠边

1127年，北宋灭亡。同年赵构称帝，建立了南宋政权。

北宋末期到南宋初期，国破家亡，社会动荡，战乱频发，没人有闲情逸趣去吟唱男欢女爱。

因此这一时期的词作主要体现战争生活、报国豪情等。

宋徽宗赵佶（jí）跟李煜有些相似，两人都适合当个艺术家，却坐在了皇帝的位子上。

赵佶擅长绘画，笔下的花鸟、人物细腻而生动。他还精通书法，甚至创造了一种全新的字体，叫"瘦金体"。

但作为一国之君,赵佶昏庸无能,北宋灭亡后成了金兵的俘虏。

赵佶的词作分为两个时期,前期主要讲述奢华的皇家生活,被俘后词风突变,充满了悲愤和愁苦。

"家山何处,忍听羌笛,吹彻梅花。"(《眼儿媚》)

故乡啊,如今你在何处,怎么忍心让我听着异乡的羌笛吹奏《梅花落》!

赵佶被俘后并非无人关心，有这样一个人，他誓要收复失地，将赵佶接回京城，他就是大宋名将岳飞！

岳飞，著名军事家，抗金名将。

面对金兵入侵，岳飞挥师北伐，不但大破敌军，还收复了不少失地。

岳飞曾经写下"迎二圣归京阙，取故地上版图"（《五岳祠盟记》）的誓词，意思是要救回赵佶和他的儿子，再收回大宋版图上失去的疆土！

然而宋高宗为了向金人求和，居然在岳飞征战时连发十二道金牌强迫他退兵。

岳飞回朝后,受到奸臣秦桧等人的迫害,最终含冤而死。

岳飞不仅骁勇善战,谋略过人,文采也不同凡响,他笔下的词作充满了精忠报国的豪情!

"壮志饥餐胡虏(lǔ)肉,笑谈渴饮匈奴血。待从头收拾旧山河,朝天阙。"(《满江红》)

壮志满怀,谈笑间吞食敌人的血肉。待我收复曾经的山河,把胜利的消息带给国家!

9 婉约"一姐"李清照

介绍了那么多词人,大家是否发现他们有一个共同点?

共同点是他们都是男性,那宋朝就没有女词人吗?
当然有,她就是大名鼎鼎的李清照!

李清照出身于名门,她的父亲李格非是朝廷里的官员。这人很有才华,能作词,会写文章,还深受我们的老熟人苏轼赏识。

李清照的母亲同样是个才女,写得一手好文章。

优越的家庭条件让李清照度过了无忧无虑的童年,而优秀的父母则将她培养成才女,从小就精通诗词书画。

才子
李父

才女
李母

天才少女
李清照

十八岁那年,李清照嫁给了赵明诚。

赵明诚是在顶级学府中就读的"太学生",他的父亲也在朝中做官,彼时任工部侍郎。

李清照和赵明诚志趣相投,常一起收集金石古玩,还在诗词上互相唱和,夫妻二人的感情很和谐。

可是后来金兵南下，北宋灭亡，整个社会动荡不安，李清照和赵明诚仓皇南渡。

后来，赵明诚不幸染病去世，夫妻俩多年积蓄的金石古玩也在流亡中丢失。

李清照不但要承受国破家亡的多重打击，生活条件也一落千丈。

李清照在经历丧夫和动乱后病倒了,然后遇到了张汝舟,一个对她百般关心的男子,最终两人结了婚。

然而婚后张汝舟忽然翻脸,常对李清照拳打脚踢,原来张汝舟喜欢的不是李清照,而是觊觎李清照的金石古玩。

李清照不堪折磨,和张汝舟打起了官司,虽然最终"休"掉了张汝舟,但她也受到牢狱之灾,多亏亲朋搭救,关押了九天后被释放。

这段婚姻对本就不幸的李清照又是一次沉重的打击，令她深感无助。

李清照作为宋代"顶流"词人之一，婉约派"一姐"，她的词风独树一帜，个性鲜明，被称为"易安体"。

李清照号"易安居士"，易安体因此得名。

李清照的词作大多遗失，留到今天的只有数十首，但首首都是精品！

下一节，我们就从李清照的词作来感受她的惊世才华！

先甜后苦的李清照词作

　　李清照的人生可以分为两个阶段,早年美满,晚年悲凉。两个时期里,她的词作在内容和风格上差异很大。李清照的早期词作主要展现闺中生活,词风清新秀气。后期词作则充满了对往日生活的怀念,词风愁苦悲痛。

下面来看看这首李清照的早期词作。

"昨夜雨疏风骤,浓睡不消残酒。试问卷帘人,却道海棠依旧。知否,知否?应是绿肥红瘦!"(《如梦令》)

大意是,昨晚狂风裹细雨,沉沉地睡了一觉也没消去醉意。问问卷帘的人,外边风景如何,那人说海棠花跟从前一样。唉,你到底知不知道呀,现在应该是绿叶茂密,红花稀少。

有时候丈夫不在家，郁闷的李清照就写词思念他。

"东篱把酒黄昏后，有暗香盈袖。莫道不消魂，帘卷西风，人比黄花瘦。"（《醉花阴》）

一个人在东边的篱笆下喝酒到黄昏，袖子都染上了花香。别说我不难过，冰冷的西风在拨弄卷帘，饱受思念折磨的我比那黄花还要瘦了。

经历了国破家亡之后,李清照的词风突变,沉重感伤。

"寻寻觅觅,冷冷清清,凄凄惨惨戚戚。乍暖还寒时候,最难将息。三杯两盏淡酒,怎敌他晚来风急?雁过也,正伤心,却是旧时相识。"(《声声慢》)

苦苦寻找,却找来一片冷清和凄凉。忽冷忽热的时节最难入睡,想用两三盏淡酒暖暖身子,却敌不过冰冷的晚风。大雁飞过时,我正伤心,它们和我也算是老相识了。

此时李清照已经失去了她的丈夫,她的思念也由从前淡淡的"愁"转为深刻的"痛"。

"风住尘香花已尽,日晚倦梳头。物是人非事事休,欲语泪先流。"(《武陵春》)

风停了,花也凋落了,只有尘土还带着花香。时间不早了,该梳洗打扮了,可我已经倦了、累了。如今物是人非,再怎么挣扎也没用了,想要说点什么,口还没开,泪珠已经滑落下来。

"愁"和"苦"似乎是李清照词作的主调,但别忘了她也擅长写诗,其中还有一首正气凛然、豪迈激昂的名作。

"生当作人杰,死亦为鬼雄。至今思项羽,不肯过江东。"(《夏日绝句》)

活着就要做人中豪杰,死了也要成为鬼中英豪!如今思念起楚霸王项羽,他宁愿战死也不肯逃回江东!

听我一句劝,快逃吧!

爱国词人辛弃疾：
一手舞剑，一手写词

前面说苏轼是豪放派"一哥"，这是夸他的词风。

接下来要说的这位，他不但词风激昂，本人也是英雄豪杰，既能提笔写词，也能于乱军中擒敌！他就是南宋爱国词人，豪放派的又一位"大神"，辛弃疾！

辛弃疾幼年丧父,由祖父抚养长大。

青年时,辛弃疾生活在金朝的统治下,由于受到祖父的爱国教育,他始终怀抱着抗金复宋的理想。

后来辛弃疾加入了抗金领袖耿京的队伍,任掌书记一职。任职期间,辛弃疾捉拿过叛贼,深受耿京的赏识和信任。

后来耿京派辛弃疾作为代表前去投奔南宋，宋高宗非常高兴地接见了辛弃疾，还给他封了官。

然而就在此时，耿京惨遭叛贼谋害。

得知此事的辛弃疾率领人马闯进金兵大营，一举擒获叛贼，带回南宋，斩首示众，为耿京报仇。辛弃疾的勇武，把整个南宋朝廷狠狠地震动了一把！

辛弃疾投奔南宋后，本以为可以大展身手，不料朝廷中绥靖主和派当权，辛弃疾献上的抗金计划完全被无视了。

后来辛弃疾被调去做地方官，他空有战斗热情，却得不到重用。但他并没有"摆烂"，而是积极训练军队，饥荒期间还拯救了不少灾民。

辛弃疾始终坚持恢复中原,主和派因此一直排挤他,最终将他从朝廷里"开除"出去,也就是罢免。

过了几年的归隐生活后,辛弃疾再度被朝廷启用。为了解决祸害一方的盗贼,辛弃疾招募士兵组建军队,然而被人诬陷,说他要称王,结果辛弃疾再次被罢免。

几年后，辛弃疾又被朝廷启用，后因一点失误又被降职……总之，他的晚年就是在做官和被罢免间反复横跳。

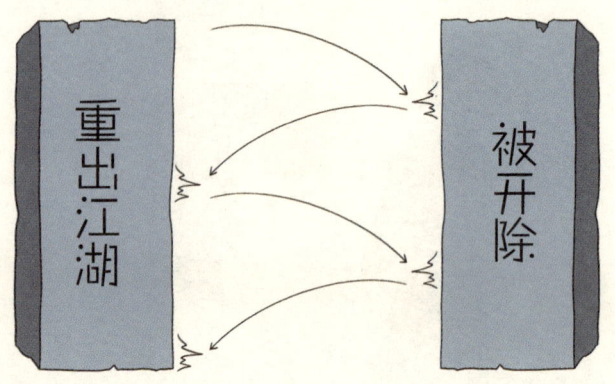

后来，不管朝廷怎么征召，辛弃疾都上书推辞。

虽然对朝廷失望，但辛弃疾的爱国热情从未消退，据说他临终前高呼数声"杀贼"，最后含恨离世。

12 "廉颇老矣,尚能饭否?"

辛弃疾的词作中最突出的是报效国家的豪情,他一直盼着有一天回到前线冲锋陷阵,比如下面这首《破阵子》。

"醉里挑灯看剑,梦回吹角连营。"

醉梦里挑灯看宝剑,恍惚间听到了军营的号角!

"了却君王天下事,赢得生前身后名。"

词作中,辛弃疾立誓要为君王完成收复江山的大业,赢得美名流芳千古!

理想

然而辛弃疾饱受主和派排挤,他的报国梦注定破碎。无奈的他只能在词作结尾叹息一句"可怜白发生"。

现实

由于报国无门、壮志难酬,因此产生的忧愤也是辛弃疾词作中常见的主题。

"千古江山,英雄无觅,孙仲谋处。舞榭歌台,风流总被,雨打风吹去。"(《永遇乐·京口北固亭怀古》)

千古江山,再也找不到三国孙权那样的英雄。当年的歌舞之地都还保留着,只是英雄已经消失在风雨中。

辛弃疾感叹完时无英雄，然后在词的末尾写道："凭谁问：廉颇老矣，尚能饭否？"

辛弃疾在这里用了一个典故，战国时期赵国大将廉颇老了以后，赵王担心他不中用了，就派使者去看看他。

廉颇吃了一斗米、十斤肉，表示自己英勇不减当年。

然而使者收了别人的贿赂，回来报告赵王说，廉颇虽然老了，但还能吃饭，只是经常跑厕所。

赵王听到后，认为廉颇老了，就不再任用他了。

辛弃疾和廉颇一样,老了也是英雄,但悲哀的是,英雄竟没有用武之地。

对了,你可能想不到,慷慨激昂的辛弃疾和李清照居然有一点点交集。

辛弃疾写过一首《丑奴儿近·博山道中效李易安体》,看标题就知道这是在模仿李清照的词风,是对李清照才华的认可。

"只消山水光中,无事过这一夏。"

只想在美丽的山光水色中,无忧无虑地过一个夏天。

 "南漂艺人"姜夔

南宋中后期,社会在某种程度上开始稳定,"抗金复宋"的呼声渐渐变得微弱。

此时的词风由南宋初年的悲壮激昂渐渐转向清雅。

南宋初年　　　　　　　　　　　南宋中后期

姜夔(kuí),号白石道人,是"雅词"的代表词人之一。

姜夔精通诗词、音乐,常年在江南一带漂泊,简称"南漂",是一个民间艺术家,一辈子没做过官。

姜夔的词,有不少讲的是他看到了啥,或者去哪儿玩了,也就是咏物和纪游。

姜夔咏物和一些词人还不太一样,比如写荷花,水豚君就是一个"粉色的"甩过来,很直白,完全没有深度。

而姜夔喜欢侧面描写:"水佩风裳无数。"(《念奴娇》)以水做配饰,用风做衣裳,一下子把荷花写"活"了!

姜夔是婉约派词人，当然少不了爱情主题的作品，比如《鹧鸪天·元夕有所梦》。

"肥水东流无尽期，当初不合种相思。"

河水向东奔流不息，早知今日的苦，当初就不该和你种下相思的种子。

"春未绿，鬓先丝。人间别久不成悲。"

春风还没染绿草叶，头发已先斑白。你我离别太久，已经不知道悲伤为何物了。

姜夔也有部分感伤国家衰亡的词作，他曾经在扬州看到战后留下的废墟，有感而发写下了名作《扬州慢》。

"自胡马窥江去后，废池乔木，犹厌言兵。"

大意是入侵的金兵离开后，只留下一片片废墟，时至今日人们仍然不愿提起战争的事。

认识了姜夔,再回想辛弃疾,他们一个是平民,一个是官员,一个婉约,一个豪迈,两人似乎八竿子打不着。

其实两人互相认识,姜夔还写词赞美过辛弃疾。

"前身诸葛,来游此地,数语便酬三顾。"(《永遇乐·次稼轩北固楼词韵》)

诸葛亮受到君王"三顾茅庐"的知遇之恩,把自己的一生都献给了国家大业。

姜夔在这里说辛弃疾是诸葛亮再世,赞美他为国为民的高尚人格。

⑭ 林逋、陆游告诉你,词人的多重身份

我们知道,词人通常拥有多重身份,比如政治家、艺术家等。

那么除了以上两种，还有什么没提到的呢？

一是隐士。那些不爱名利，隐居到山林的人，就是隐士。

林逋（bū）是宋代有名的隐士，他看淡名利，一辈子不做官，常年隐居在西湖边的孤山上。

林逋不爱名利,对结婚也没兴趣,梅花是他的一生所爱,他还养了几只鹤做伴,人称"梅妻鹤子"。

林逋虽然隐居深山,却名满天下。这种成就靠的不是"梅妻鹤子"的行为艺术,而是才华。

林逋诗词双绝,作品风格清新淡雅。

"昨夜梅花发。甚处玉龙三弄,声摇动、枝头月。"(《霜天晓角》)

昨夜梅花开了。不知哪里传来《梅花三弄》的乐声,它轻轻摇动了枝头的雪。

面对林逋的才华,苏轼大力点了个赞:

"遗篇妙字处处有,步绕西湖看不足。"(《书林逋诗后》)

到处都有您留下的篇章和书法,绕着西湖边走边看,怎么也看不够!

不少宋代词人和林逋一样，会作诗，也会填词，所以接下来要说说词人的另一种身份。

二是诗人。

陆游，南宋爱国诗人、词人。陆游出生在金兵南下攻打宋朝的动乱时期，好不容易熬到可以为国家出力的年纪，却由于奸臣秦桧的排挤等，导致他在做官和被免官之间反复横跳。

到了中年，陆游奔赴前线，过上了军旅生活。

但由于主和派当权，陆游很快被调去别的地方做官，报国豪情被狠狠地泼了冷水。

陆游至死都热爱着国家,爱国是他诗作的核心。

"王师北定中原日,家祭无忘告乃翁。"(《示儿》)

大宋军队收复失地的那天,别忘了告诉天上的我。

诗人是陆游的主要身份,同时他也是词坛大拿。

《卜算子·咏梅》这首书写气节的词,是他的经典之作。

"无意苦争春,一任群芳妒(dù)。零落成泥碾(niǎn)作尘,只有香如故。"

没心思争奇斗艳,任凭百花去嫉妒。就算花瓣落到地上,被碾作尘土,也依然散发着清香!

宋朝时尚：女戴假发，男戴花

你可能见过一些奇怪的现代时尚。

那古代人又是怎样追求时尚的呢？咱们到宋朝看看。

如果你看到一个宋代女子脑门发黄，不要以为人家营养不良，这是一种叫"额黄"的妆容。

额黄在皇宫里非常流行，因此它又被称为"宫黄"。

"侵晨浅约宫黄，障风映袖，盈盈笑语。"（周邦彦《瑞龙吟》）

清晨，抹了额黄的宫女们用袖子挡着微风，笑语盈盈。

宋理宗在位时,宫中的皇妃还流行用脂粉在眼角画几个点点,这叫"泪妆"。

不但哭可以用泪妆"造假",古人的头发也不一定是真的。

《晋书》记载,古人以木头为支架做成假发,被称为"假髻"。

戴假发省时省力，还可以自由切换各种发型，深受大宋女子喜爱，然而法律却把假发禁了，"妇人假髻并宜禁断"（《宋史》）。

不给戴假发，那戴几朵花在头上应该不犯法吧？

在宋朝，不但女子喜欢戴花，不少大老爷们也爱戴花，代表人物宋徽宗！

宋徽宗不但自己喜欢戴花,还给文武百官赐花。

"前后从驾臣寮、百司仪卫,悉赐花。"(《东京梦华录》)

豪迈一哥苏轼也戴花。

"人老簪花不自羞,花应羞上老人头。"(《吉祥寺赏牡丹》)

老人家我啊,头上戴花一点都不害羞,倒是花儿该害羞了。

苏轼这花戴得很优雅,苏轼的"迷弟",苏门四学士之一的黄庭坚怎么戴花呢?

"醉里簪花倒著冠。"(《鹧鸪天》)

喝醉了,把帽子倒着戴,再摘点花插在头上。

这豪迈,都快赶超苏轼了吧!

16
踢足球、养宠物，宋人玩得还挺潮

作者我啊，因为辛勤工作，好久没有出去玩了。上一次出去玩，已经是遥远的昨天晚上了……

为了奖励自己的勤劳，这一节我要神游大宋，跟着词人们去看看有啥好玩的。

可玩项目一：蹴鞠（cù jū）。

我国古代有一种"足球"运动，叫作"蹴鞠"。

蹴鞠在宋代特别流行，连皇帝都爱踢。

踢球的宋太祖，来自元代画家钱选临摹的《蹴鞠图卷》。

宋代蹴鞠怎么踢呢？

简单点说，先将"球员"分两队，各十余人。球员以脚传球，把球踢进木头做成的球门就算赢。

《蹴鞠图谱》中的古代球门

你要是觉得踢球太累,那你也可以做个"球迷"。

"蹴鞠场边万人看,秋千旗下一春忙。"(《晚春感事》)诗人陆游说,一场球赛有上万人看呢,可热闹了!

可玩项目二:养宠物。

来猜猜宋朝流行什么"小"宠物,给你三次机会。

什么，猜不到？让词人张镃（zī）给你一点提示：

"儿时曾记得，呼灯灌穴，敛步随音。"（《满庭芳·促织儿》）

记得小时候提着灯去找它，把水灌进洞里逼它出来，然后听着它的声音，蹑手蹑脚地追赶。

答案是促织，也就是蟋蟀。

宋朝人喜欢斗蟋蟀,为了获得一只战斗力强的蟋蟀,你知道他们愿意花多少钱吗?

姜夔在《齐天乐·蟋蟀》这首词的序言中写道:"好事者或以三二十万钱致一枚,镂象齿为楼观以贮之。"

花二三十万钱只为买一只蟋蟀,还用象牙做成容器来养它!

姜夔和张镃的词是同时创作的，两人正吃着饭，忽然听到蟋蟀的声音，便相约写词。

张镃通过儿时抓蟋蟀的欢乐，衬托当下的孤独。

姜夔则用蟋蟀的声音寄托家国不幸的悲哀。

"笑篱落呼灯，世间儿女。写入琴丝，一声声更苦。"

无知小儿只顾着用灯抓蟋蟀，却不知道，蟋蟀的声音要是谱成歌来弹奏，只怕一声更比一声苦。

宋朝新奇小吃：油炸烩、消夜果

假如你是吃货，那一定要试试穿越到宋朝，因为可以吃到不少宋朝以前中原没有的美食，比如西瓜。

西瓜种子是一个叫洪皓的官员从金国带回来的，然后在南宋大范围种植，西瓜相关的诗词也在这一时期多了起来。

"年来处处食西瓜。"（范成大《西瓜园》）

骑手已取到瓜种，正赶往南宋。

除了西瓜,在南宋你还可以吃到油条。

等等,油条谁没见过啊,还得去宋朝吃?

相传油条诞生于南宋,宋朝以前的人可就没这个口福了。

说油条之前,咱们先来说一个人,秦桧。

秦桧迫害了不少忠臣良将,比如精忠报国的岳飞。官员胡铨曾经建议皇帝斩了秦桧,结果惨被秦桧流放。

同朝为官的张元干写了一首词送别胡铨(字邦衡)。

"雁不到、书成谁与?"(《贺新郎·送胡邦衡待制》)

你去了大雁都到不了的地方,写给你的书信如何能传达?

词中还表达了国破家亡的悲痛,用"聚万落千村狐兔"来描绘金兵过境后千疮百孔的国土。

秦桧知道这件事后,张元干也遭到了流放的惩罚。

总之,秦桧谋害了不少忠良,老百姓恨他入骨,就把两根面拧在一起代表秦桧夫妇下锅油炸,因此油条又叫"油炸桧"。

如果看到这里你就准备穿越,别怪我没提醒你,宋朝对吃货有一点不友好,就是羊肉特别贵!

"平江九百一斤羊,俸薄如何敢买尝。"(高公泗《吴中羊肉价高有感》)

不过想把羊肉吃个爽也不是没办法。

苏轼是文学家,也是书法家,他的字帖非常值钱。

据说有个叫韩宗儒的人没事就给苏轼写信,苏轼出于礼貌回了信,韩宗儒就拿着苏轼的信去换羊肉。

看到这里你可能有意见了,西瓜、羊肉可能对宋朝人很珍贵,但现代的我们见得太多了。

词人吴潜在《永遇乐》一词中写道:"元宵宰执赐消夜果。"

消夜果是啥,为什么值得专门写进词里?

《武林旧事》记载了一份宫廷里的消夜果,它由蜜煎、珍果、萁豆等百余种水果糕点做成,再用金玉等做装饰。

这份豪华的消夜果抵得上十户人家的家产了,然而"止以资天颜一笑耳"(《武林旧事》),费了这么大代价,只换来皇帝微微一笑。

18 来一杯醉人的大宋饮品

宋朝建立之初,不少将领手握兵权,宋太祖急得整晚失眠。后来宋太祖把将领们请到宫中喝酒,等众人喝得半醉,宋太祖讲了一番掏心窝子的话,说自己担心将领们起兵造反,然后暗示他们交出兵权,回家养老。最终,宋太祖不费一兵一卒就收回了兵权。

这就是"杯酒释兵权"的故事。

太好玩了!

国家大事都能在酒席上解决,可见酒对宋人有多重要。那么,宋人都喝些什么酒呢?

第一类是果酒,比如葡萄酒、黄柑酒、椰子酒等。

辛弃疾有一首提到黄柑酒的词《汉宫春·立春日》:

"浑未办、黄柑荐酒,更传青韭堆盘?"大意是过节用的黄柑酒等物品一样也没有置办。

"生怕见、花开花落,朝来塞雁先还。"

花开花落代表时光流逝,眼看着大雁飞回故乡,辛弃疾却不能一同归去,正是思乡的愁苦让他无心过节。

另外,椰子酒也很有名。

苏轼曾经被贬官到海南,他不但喝椰子酒,还用椰子壳做帽子呢,"更将空壳付冠师"(《椰子冠》)。

第二类酒是黄酒,由谷物酿成,比如米酒。

民间酿造的米酒未经过滤,比较浑浊,因此又叫浊酒。

范仲淹想家的时候,就会来上一杯浊酒。

"浊酒一杯家万里,燕然未勒归无计。"(《渔家傲》)

饮一杯浊酒,怀念起万里之外的家乡,可惜没有平定战争,也没有建立功业,有家也不能回。

宋人也讲究养生，所以他们爱喝的第三类酒是药酒，比如菊花酒等。

说到酒，苏轼可就不困了，他一杯酒下肚，便"会挽雕弓如满月，西北望，射天狼"（《江城子·密州出猎》）。

把弓拉满，向着西北，射向侵犯大宋的敌军。

苏轼不但爱喝酒，也会酿酒，"蜜酒"就是其中一种。

苏轼从一个道士那里得到了蜜酒配方,然后写了一首诗送给道士,称自己酿的酒"三日开瓮香满城"(《蜜酒歌》),三天后打开酒坛子,满城飘香!

说得好听,那喝起来怎么样呢?

宋代《避暑录话》记载,苏轼曾经在黄州酿蜜酒,结果没酿好,喝过的人全都拉肚子了……

19 跟着词人过一天都市生活

起床第一件事,婉约派词人会感伤一下自己的孤独。

"藤床纸帐朝眠起,说不尽、无佳思。"(李清照《孤雁儿》)在优雅的环境中醒来,忽然涌起无尽的悲伤。

豪放派词人则表示,你孤独是因为你不会交朋友!

"与谁同坐。明月清风我。"(苏轼《点绛唇》)

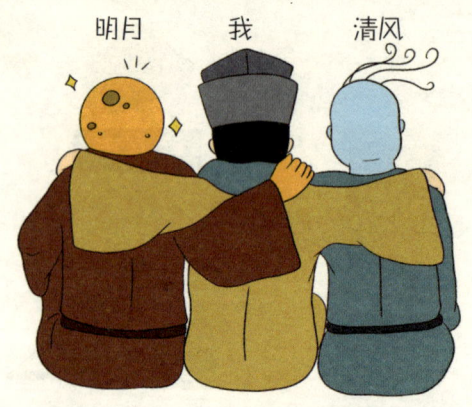

洗漱完毕,接着该吃饭了。

宋朝以前,古人普遍是一日两餐,只有少数贵族和富人才能享受三餐。

到了宋朝,城市生活空前繁荣,不少普通人也过上了一日三餐的日子,那么趁着身体健康,能吃您就多吃点吧!

"身健在,且加餐。"(黄庭坚《鹧鸪天》)

吃饱以后做什么?

问柳永,他说:"蚕市繁华,簇簇歌台舞榭。"(《一寸金》)

繁华都市,处处都有表演歌舞的娱乐场所。

说起宋朝的娱乐场所,不得不提"勾栏瓦舍",这里除了歌舞,还有变戏法的、耍杂技的,简直就是古代版"欢乐谷"。

勾栏瓦舍游玩地图

玩累了,你可以"坐"一会儿。

别小看"坐"这个简单的动作,很长一段时间古人习惯席地而坐,往往坐得两腿发麻,很不舒服。

唐朝时,由西域的"胡床"演化出来的椅子开始出现,到了宋朝,椅子已经普及。

宋代《会昌九老图》中坐椅子的人物

坐下来,你可以喝碗茶,吃个包子。

在宋朝喝茶,你能见到一种新奇好玩的手艺,叫"分茶",又叫"茶百戏",就是用沸水冲茶粉,再通过搅动等方式,把茶水上的浮沫做出各种图案。

想当年,李清照也是一位"分茶"高手呢!"当年曾胜赏,生香熏袖,活火分茶。"(《转调满庭芳》)

想当年出游玩耍,
咱点起香熏一熏衣袖,
跟着用火煮茶,秀一把分茶技艺。

 大宋夜生活：租车、发帖、失眠

上一节咱们逛了勾栏瓦舍，欣赏了"分茶"，然后抬头一看，天黑了。

要知道，宋朝以前，城市基本实行宵禁制度，天黑了还出来逛街，你就等着挨相关部门一顿揍吧！

宋朝时宵禁被取消,有了这项好政策,恋人们才能在晚上出来浪漫一把。

"去年元夜时,花市灯如昼。月上柳梢头,人约黄昏后。"(欧阳修《生查子》)

去年元宵夜,灯火把花市照得好像白天一样。月亮爬上了柳树梢,有情人相约在黄昏后。

宋人的夜生活极其丰富,甚至还可以"租车"。

宋朝当然没有汽车,但租马、租驴还挺普遍。

"逐坊巷桥市,自有假赁鞍马者……"(《东京梦华录》)大意是说大街小巷处处都有租马的地方。

对于爱喝酒的词人来说,有匹马至少就不用睡路边了。

"不记归时早暮,上马谁扶,醒眠朱阁。"(周邦彦《瑞鹤仙》)

不记得啥时候回去的,
也不记得谁扶我上的马,
醒来已经躺在阁楼里。

漫画创意,请勿模仿。

咱们租了马,正跟着词人逛街呢,忽然想起这一整天都只顾着玩,词人不用写词的吗?

听到这个灵魂拷问,刚才骑着马的周邦彦赶紧"下马先寻题壁字"(《浣溪沙》)。

题壁是啥?咱们可以上网发帖,宋人不能上网,于是就"上墙",在墙上写诗词、秀书法。

现代人发帖

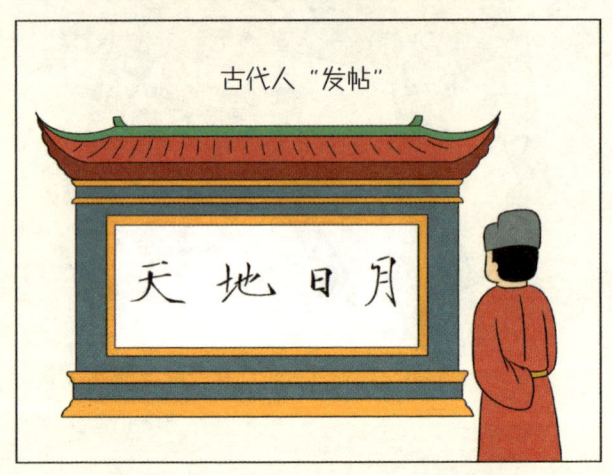

古代人"发帖"

随手写了几句题壁词,完成了词人的工作,这一天圆满了,也该回家睡觉了。

宋人睡觉流行靠瓷枕,或是填充了药材的药枕等。

三彩剔划花兔纹枕(宋)

"瓦枕藤床,道人劝饮鸡苏水。"(杨无咎《点绛唇》)

躺在藤床上,靠着瓦枕(陶瓷制成的枕头),道士送来了鸡苏(一种植物,也叫水苏)制成的饮品。

天热了,宋人搂着竹子编制的"抱枕"来消暑,这种用具有个很优雅的称呼,叫"竹夫人"。

你没看错,"竹夫人"就是一个柱状竹笼。

晚上没有娱乐项目的词人黄庭坚写诗说:"我无红袖堪娱夜,政要青奴一味凉。"(《赵子充示竹夫人诗,盖凉寝竹器。憩臂休膝,似非夫人之职,予为名曰青奴,并以小诗取之二首》)家里没有歌女做伴,只好用青奴(竹夫人的别称)来消暑。

可还是横竖睡不着怎么办?那就跟着词人一起失眠吧。

"酒醒熏破春睡,梦远不成归。"(李清照《诉衷情》)

李清照酒醒后失眠了,无法在梦中回到遥远的故乡了。

"帘外百舌儿,惊起五更春睡。居士,居士。莫忘小桥流水。"(苏轼《如梦令》)

另一边苏轼被小鸟吵得失眠,思念起小桥流水的归隐生活。

快乐读宋词

忆江南
[唐] 白居易

江南好,风景旧曾谙。日出江花红胜火,春来江水绿如蓝。能不忆江南?

望江南
[唐] 温庭筠

梳洗罢,独倚望江楼。过尽千帆皆不是,斜晖脉脉水悠悠。肠断白蘋(pín)洲。

思帝乡
[唐] 韦庄

春日游,杏花吹满头。陌上谁家年少足风流?

妾拟将身嫁与一生休。纵被无情弃,不能羞。

虞美人
[南唐] 李煜

春花秋月何时了,往事知多少?小楼昨夜又东风,故国不堪回首月明中。

雕栏玉砌应犹在,只是朱颜改。问君能有几多愁,恰似一江春水向东流。

玉楼春
[南唐] 李煜

晚妆初了明肌雪,春殿嫔娥鱼贯列。凤箫吹断水云间,重按《霓裳》歌遍彻。

临春谁更飘香屑,醉拍阑干情味切。归时休放烛花红,待踏马蹄清夜月。

浪淘沙令
[南唐] 李煜

帘外雨潺潺,春意阑珊。罗衾不耐五更寒。梦里不知身是客,一晌贪欢。

独自莫凭栏,无限江山。别时容易见时难。流水落花春去也,天上人间。

清平乐
[宋] 晏殊

金风细细，叶叶梧桐坠。绿酒初尝人易醉。一枕小窗浓睡。
紫薇朱槿花残。斜阳却照阑干。双燕欲归时节，银屏昨夜微寒。

浣溪沙
[宋] 晏殊

一曲新词酒一杯，去年天气旧亭台。夕阳西下几时回？
无可奈何花落去，似曾相识燕归来。小园香径独徘徊。

临江仙
[宋] 晏几道

身外闲愁空满，眼中欢事常稀。明年应赋送君诗。细从今夜数，相会几多时。
浅酒欲邀谁劝，深情惟有君知。东溪春近好同归。柳垂江上影，梅谢雪中枝。

临江仙
[宋] 晏几道

梦后楼台高锁，酒醒帘幕低垂。去年春恨却来时。落花人独立，微雨燕双飞。
记得小蘋初见，两重心字罗衣。琵琶弦上说相思。当时明月在，曾照彩云归。

渔家傲
[宋] 范仲淹

塞下秋来风景异，衡阳雁去无留意。四面边声连角起。千嶂里，长烟落日孤城闭。
浊酒一杯家万里，燕然未勒归无计。羌管悠悠霜满地。人不寐，将军白发征夫泪！

长相思
[宋] 欧阳修

花似伊，柳似伊。花柳青春人别离。低头双泪垂。
长江东，长江西。两岸鸳鸯两处飞。相逢知几时。

鹤冲天
[宋] 柳永

黄金榜上，偶失龙头望。明代暂遗贤，如何向？未遂风云便，争不恣狂荡？何须论得丧。才子词人，自是白衣卿相。
烟花巷陌，依约丹青屏障。幸有意中人，堪寻访。且恁偎红倚翠，风流事，平生畅。青春都一饷。忍把浮名，换了浅斟低唱！

蝶恋花
[宋] 柳永

伫倚危楼风细细,望极春愁,黯黯生天际。草色烟光残照里,无言谁会凭阑意。

拟把疏狂图一醉,对酒当歌,强乐还无味。衣带渐宽终不悔,为伊消得人憔悴。

雨霖铃
[宋] 柳永

寒蝉凄切。对长亭晚,骤雨初歇。都门帐饮无绪,留恋处、兰舟催发。执手相看泪眼,竟无语凝噎。念去去、千里烟波,暮霭沉沉楚天阔。

多情自古伤离别,更那堪冷落清秋节!今宵酒醒何处?杨柳岸、晓风残月。此去经年,应是良辰好景虚设。便纵有千种风情,更与何人说?

临江仙·夜归临皋
[宋] 苏轼

夜饮东坡醒复醉,归来仿佛三更。家童鼻息已雷鸣。敲门都不应,倚杖听江声。

长恨此身非我有,何时忘却营营?夜阑风静縠(hú)纹平。小舟从此逝,江海寄余生。

念奴娇·赤壁怀古
[宋] 苏轼

大江东去,浪淘尽、千古风流人物。故垒西边,人道是、三国周郎赤壁。乱石穿空,惊涛拍岸,卷起千堆雪。江山如画,一时多少豪杰!

遥想公瑾当年,小乔初嫁了,雄姿英发。羽扇纶巾,谈笑间、樯橹灰飞烟灭。故国神游,多情应笑我、早生华发。人间如梦,一樽还酹(lèi)江月。

浣溪沙
[宋] 苏轼

游蕲(qí)水清泉寺,寺临兰溪,溪水西流。

山下兰芽短浸溪,松间沙路净无泥,萧萧暮雨子规啼。

谁道人生无再少?门前流水尚能西,休将白发唱黄鸡。

水调歌头
[宋] 苏轼

丙辰中秋,欢饮达旦,大醉,作此篇。兼怀子由。

明月几时有?把酒问青天。不知天上宫阙,今夕是何年。我欲乘风归去,又恐琼楼玉宇,高处不胜寒。起舞弄清影,何似在人间!转朱阁,低绮户,照无眠。不应有恨,何事长向别时圆?人有悲

欢离合,月有阴晴圆缺,此事古
难全。但愿人长久,千里共婵娟。

江城子·乙卯正月二十日夜记梦
[宋]苏轼

十年生死两茫茫。不思量,自难忘。
千里孤坟,无处话凄凉。纵使相
逢应不识,尘满面,鬓如霜。
夜来幽梦忽还乡,小轩窗,正梳妆。
相顾无言,惟有泪千行。料得年
年肠断处,明月夜,短松冈。

兰陵王·柳
[宋]周邦彦

柳阴直,烟里丝丝弄碧。隋堤上、
曾见几番,拂水飘绵送行色。登
临望故国,谁识京华倦客?长亭
路,年去岁来,应折柔条过千尺。
闲寻旧踪迹,又酒趁哀弦,灯照
离席。梨花榆火催寒食。愁一箭
风快,半篙波暖,回头迢递便数驿,
望人在天北。
凄恻,恨堆积!渐别浦萦回,津
堠(hòu)岑寂,斜阳冉冉春无极。
念月榭携手,露桥闻笛。沉思前事,
似梦里,泪暗滴。

苏幕遮
[宋]周邦彦

燎沈香,消溽暑。鸟雀呼晴,侵

晓窥檐语。叶上初阳乾宿雨,水
面清圆,一一风荷举。
故乡遥,何日去?家住吴门,久
作长安旅。五月渔郎相忆否?小
楫轻舟,梦入芙蓉浦。

眼儿媚
[宋]赵佶

玉京曾忆昔繁华。万里帝王家。
琼林玉殿,朝喧弦管,暮列笙琶。
花城人去今萧索,春梦绕胡沙。
家山何处,忍听羌笛,吹彻梅花。

满江红
[宋]岳飞

怒发冲冠,凭栏处、潇潇雨歇。
抬望眼,仰天长啸,壮怀激烈。
三十功名尘与土,八千里路云和
月。莫等闲、白了少年头,空悲切!
靖康耻,犹未雪。臣子恨,何时
灭!驾长车,踏破贺兰山缺。壮
志饥餐胡虏肉,笑谈渴饮匈奴血。
待从头收拾旧山河,朝天阙。

如梦令
[宋]李清照

昨夜雨疏风骤,浓睡不消残酒。
试问卷帘人,却道海棠依旧。知否,
知否?应是绿肥红瘦!

醉花阴
[宋] 李清照

薄雾浓云愁永昼,瑞脑消金兽。佳节又重阳,玉枕纱厨,半夜凉初透。
东篱把酒黄昏后,有暗香盈袖。莫道不消魂,帘卷西风,人比黄花瘦。

声声慢
[宋] 李清照

寻寻觅觅,冷冷清清,凄凄惨惨戚戚。乍暖还寒时候,最难将息。三杯两盏淡酒,怎敌他晚来风急?雁过也,正伤心,却是旧时相识。
满地黄花堆积,憔悴损,如今有谁堪摘?守着窗儿独自,怎生得黑!梧桐更兼细雨,到黄昏、点点滴滴。这次第,怎一个愁字了得!

武陵春
[宋] 李清照

风住尘香花已尽,日晚倦梳头。物是人非事事休,欲语泪先流。
闻说双溪春尚好,也拟泛轻舟。只恐双溪舴艋舟,载不动许多愁。

夏日绝句
[宋] 李清照

生当作人杰,死亦为鬼雄。至今思项羽,不肯过江东。

破阵子
[宋] 辛弃疾

醉里挑灯看剑,梦回吹角连营。八百里分麾下炙,五十弦翻塞外声,沙场秋点兵。
马作的卢飞快,弓如霹雳弦惊。了却君王天下事,赢得生前身后名。可怜白发生!

永遇乐·京口北固亭怀古
[宋] 辛弃疾

千古江山,英雄无觅,孙仲谋处。舞榭歌台,风流总被,雨打风吹去。斜阳草树,寻常巷陌,人道寄奴曾住。想当年,金戈铁马,气吞万里如虎。
元嘉草草,封狼居胥,赢得仓皇北顾。四十三年,望中犹记,烽火扬州路。可堪回首,佛狸祠下,一片神鸦社鼓。凭谁问:廉颇老矣,尚能饭否?

丑奴儿近·博山道中效李易安体
[宋] 辛弃疾

千峰云起,骤雨一霎儿价。更远树斜阳,风景怎生图画?青旗卖酒,山那畔别有人家。只消山水光中,无事过这一夏。

午醉醒时，松窗竹户，万千潇洒。野鸟飞来，又是一般闲暇。却怪白鸥，觑（qù）着人欲下未下。旧盟都在，新来莫是，别有说话？

念奴娇
[宋] 姜夔

闹红一舸，记来时尝与鸳鸯为侣，三十六陂人未到，水佩风裳无数。翠叶吹凉，玉容销酒，更洒菰蒲雨。嫣然摇动，冷香飞上诗句。
日暮青盖亭亭，情人不见，争忍凌波去。只恐舞衣寒易落，愁入西风南浦。高柳垂阴，老鱼吹浪，留我花间住。田田多少，几回沙际归路。

鹧鸪天·元夕有所梦
[宋] 姜夔

肥水东流无尽期，当初不合种相思。梦中未比丹青见，暗里忽惊山鸟啼。

春未绿，鬓先丝。人间别久不成悲。谁教岁岁红莲夜，两处沉吟各自知。

扬州慢
[宋] 姜夔

淳熙丙申至日，予过维扬，夜雪初霁，荠麦弥望。入其城则四顾萧条，寒水自碧。暮色渐起，戍角悲吟。予怀怆然，感慨今昔，因自度此曲，千岩老人以为有黍离之悲也。

淮左名都，竹西佳处，解鞍少驻初程。过春风十里，尽荠麦青青。自胡马窥江去后，废池乔木，犹厌言兵。渐黄昏，清角吹寒，都在空城。
杜郎俊赏，算而今、重到须惊。纵豆蔻词工，青楼梦好，难赋深情。二十四桥仍在，波心荡、冷月无声。念桥边红药，年年知为谁生！

永遇乐·次稼轩北固楼词韵
[宋] 姜夔

云隔迷楼，苔封很石，人向何处？数骑秋烟，一篙寒汐，千古空来去。使君心在，苍厓绿嶂，苦被北门留住。有尊中酒差可饮，大旗尽绣熊虎。
前身诸葛，来游此地，数语便酬三顾。楼外冥冥，江皋（gāo）隐隐，认得征西路。中原生聚，神京耆老，南望长淮金鼓。问当时依依种柳，至今在否？

霜天晓角
[宋] 林逋

冰清霜洁。昨夜梅花发。甚处玉龙三弄，声摇动、枝头月。
梦绝。金兽爇。晓寒兰烬灭。要

卷珠帘清赏，且莫扫、阶前雪。

书林逋诗后
〔宋〕苏轼

吴侬生长湖山曲，呼吸湖光饮山渌。
不论世外隐君子，佣儿贩妇皆冰玉。
先生可是绝俗人，神清骨冷无由俗。
我不识君曾梦见，瞳子了然光可烛。
遗篇妙字处处有，步绕西湖看不足。
诗如东野不言寒，书似西台差少肉。
平生高节已难继，将死微言犹可录。
自言不作封禅书，更肯悲吟白头曲！
我笑吴人不好事，好作祠堂傍修竹。
不然配食水仙王，一盏寒泉荐秋菊。

示儿
〔宋〕陆游

死去元知万事空，但悲不见九州同。
王师北定中原日，家祭无忘告乃翁。

卜算子·咏梅
〔宋〕陆游

驿外断桥边，寂寞开无主。已是黄昏独自愁，更着风和雨。
无意苦争春，一任群芳妒。零落成泥碾作尘，只有香如故。

瑞龙吟
〔宋〕周邦彦

章台路，还见褪粉梅梢，试花桃树。愔愔坊陌人家，定巢燕子，归来旧处。
黯凝伫。因念个人痴小，乍窥门户。侵晨浅约宫黄，障风映袖，盈盈笑语。
前度刘郎重到，访邻寻里，同时歌舞。唯有旧家秋娘，声价如故。吟笺赋笔，犹记燕台句。知谁伴、名园露饮，东城闲步？事与孤鸿去。探春尽是，伤离意绪。官柳低金缕。归骑晚、纤纤池塘飞雨。断肠院落，一帘风絮。

吉祥寺赏牡丹
〔宋〕苏轼

人老簪花不自羞，花应羞上老人头。
醉归扶路人应笑，十里珠帘半上钩。

鹧鸪天
〔宋〕黄庭坚

黄菊枝头生晓寒。人生莫放酒杯干。风前横笛斜吹雨，醉里簪花倒著冠。
身健在，且加餐。舞裙歌板尽清欢。黄花白发相牵挽，付与时人冷眼看。

晚春感事
〔宋〕陆游

少年骑马入咸阳，鹘似身轻蝶似狂。
蹴鞠场边万人看，秋千旗下一春忙。

风光流转浑如昨,志气低摧只自伤。
日永东斋淡无事,闭门扫地独焚香。

满庭芳·促织儿
[宋]张镃

月洗高梧,露漙(tuán)幽草,宝钗楼外秋深。土花沿翠,萤火坠墙阴。静听寒声断续,微韵转、凄咽悲沉。争求侣,殷勤劝织,促破晓机心。
儿时曾记得,呼灯灌穴,敛步随音。任满身花影,犹自追寻。携向华堂戏斗,亭台小、笼巧妆金。今休说,从渠床下,凉夜伴孤吟。

齐天乐·蟋蟀
[宋]姜夔

丙辰岁,与张功父会饮张达可之堂。闻屋壁间蟋蟀有声,功父约予同赋,以授歌者。功父先成,辞甚美。予裴回茉莉花间,仰见秋月,顿起幽思,寻亦得此。蟋蟀,中都呼为促织,善斗。好事者或以三二十万钱致一枚,镂象齿为楼观以贮之。

庾郎先自吟愁赋,凄凄更闻私语。露湿铜铺,苔侵石井,都是曾听伊处。哀音似诉。正思妇无眠,起寻机杼。曲曲屏山,夜凉独自甚情绪?
西窗又吹暗雨。为谁频断续,相和砧杵?候馆迎秋,离宫吊月,别有伤心无数。豳(bīn)诗漫与。笑篱落呼灯,世间儿女。写入琴丝,一声声更苦。

西瓜园
[宋]范成大

碧蔓凌霜卧软沙,年来处处食西瓜。
形模濩(huò)落淡如水,未可蒲萄苜蓿夸。

贺新郎·送胡邦衡待制
[宋]张元干

梦绕神州路。怅秋风,连营画角,故宫离黍。底事昆仑倾砥柱,九地黄流乱注?聚万落千村狐兔。天意从来高难问,况人情,老易悲难诉!更南浦,送君去。
凉生岸柳催残暑。耿斜河、疏星淡月,断云微度。万里江山知何处?回首对床夜语。雁不到、书成谁与?目尽青天怀今古,肯儿曹恩怨相尔汝?举大白,听《金缕》。

吴中羊肉价高有感
[宋]高公泗

平江九百一斤羊,俸薄如何敢买尝。
只把鱼虾充两膳,肚皮今作小池塘。

永遇乐
〔宋〕吴潜

天上人间,这般光景,管无风雨。
绣户珠帘,锦坊花巷,戏队将媒母。
月扇团圆,星球灿烂,路遍市三街五。升平事,牙旗铁马,且还旧家藩府。

三陲见说,凯歌频奏,渐次不烦鼙鼓。双凤云间,六鳌尘外,想见都人欢舞。火城春近,金莲地币,消夜果边曾语。如今但,梅花纸帐,睡魔欠补。元宵宰执赐消夜果。

汉宫春·立春日
〔宋〕辛弃疾

春已归来,看美人头上,袅袅春幡。
无端风雨,未肯收尽余寒。年时燕子,料今宵、梦到西园。浑未办、黄柑荐酒,更传青韭堆盘?

却笑东风从此,便薰梅染柳,更没些闲。闲时又来镜里,转变朱颜。清愁不断,问何人、会解连环?
生怕见、花开花落,朝来塞雁先还。

椰子冠
〔宋〕苏轼

天教日饮欲全丝,美酒生林不待仪。
自漉疏巾邀醉客,更将空壳付冠师。
规摹简古人争看,簪导轻安发不知。

更著短檐高屋帽,东坡何事不违时。

江城子·密州出猎
〔宋〕苏轼

老夫聊发少年狂,左牵黄,右擎苍,锦帽貂裘,千骑卷平冈。为报倾城随太守,亲射虎,看孙郎。
酒酣胸胆尚开张,鬓微霜,又何妨。
持节云中,何日遣冯唐?会挽雕弓如满月,西北望,射天狼。

蜜酒歌
〔宋〕苏轼

西蜀道士杨世昌,善作蜜酒,绝醇酽。
余既得其方,作此歌遗之。
真珠为浆玉为醴(lǐ),六月田夫汗流泚。
不如春瓮自生香,蜂为耕耘花作米。
一日小沸鱼吐沫,二日眩转清光活。
三日开瓮香满城,快泻银瓶不须拨。
百钱一斗浓无声,甘露微浊醍醐清。
君不见南园采花蜂似雨,天教酿酒醉先生。
先生年来穷到骨,问人乞米何曾得。
世间万事真悠悠,蜜蜂大胜监河侯。

孤雁儿
〔宋〕李清照

世人作梅词,下笔便俗。予试作一篇,乃知前言不妄耳。

藤床纸帐朝眠起，说不尽、无佳思。
沉香断续玉炉寒，伴我情怀如水。
笛声三弄，梅心惊破，多少游春意。
小风疏雨萧萧地，又催下、千行泪。
吹箫人去玉楼空，肠断与谁同倚？
一枝折得，人间天上，没个人堪寄。

点绛唇
[宋] 苏轼

闲倚胡床，庾公楼外峰千朵。与谁同坐。明月清风我。

别乘一来，有唱应须和。还知么。自从添个。风月平分破。

一寸金
[宋] 柳永

井络天开，剑岭云横控西夏。地胜异、锦里风流，蚕市繁华，簇簇歌台舞榭。雅俗多游赏，轻裘俊、靓妆艳冶。当春昼，摸石江边，浣花溪畔景如画。

梦应三刀，桥名万里，中和政多暇。仗汉节、揽辔(pèi)澄清。高掩武侯勋业，文翁风化。台鼎须贤久，方镇静、又思命驾。空遗爱，两蜀三川，异日成嘉话。

转调满庭芳
[宋] 李清照

芳草池塘，绿阴庭院，晚晴寒透窗纱。玉钩金锁，管是客来吵。寂寞尊前席上，唯愁海角天涯。能留否？酴(tú)醾(mí)落尽，犹赖有梨花。

当年曾胜赏，生香熏袖，活火分茶。极目犹龙骄马，流水轻车。不怕风狂雨骤，恰才称，煮酒笺花。如今也，不成怀抱，得似旧时那？

生查子
[宋] 欧阳修

去年元夜时，花市灯如昼。
月上柳梢头，人约黄昏后。
今年元夜时，月与灯依旧。
不见去年人，泪湿春衫袖。

瑞鹤仙
[宋] 周邦彦

悄郊原带郭，行路永，客去车尘漠漠。斜阳映山落，敛馀红犹恋，孤城阑角。凌波步弱，过短亭、何用素约。有流莺劝我，重解绣鞍，缓引春酌。

不记归时早暮，上马谁扶，醒眠朱阁。惊飙动幕，扶残醉，绕红药。叹西园已是花深无地，东风何事又恶？任流光过却，犹喜洞天自乐。

浣沙溪
［宋］周邦彦

日薄尘飞官路平。眼前喜见汴河倾。地遥人倦莫兼程。
下马先寻题壁字，出门闲记榜村名。早收灯火梦倾城。

点绛唇
［宋］杨无咎

瓦枕藤床，道人劝饮鸡苏水。清虽无比。何似今宵意。
红袖传持，别是般情味。歌筵起。绛纱影里。应有吟鞭坠。

赵子充示竹夫人诗，盖凉寝竹器。
憩臂休膝，似非夫人之职，予为名曰青奴，并以小诗取之二首
其二
［宋］黄庭坚

秾(nóng)李四弦风拂席，昭华三弄月侵床。
我无红袖堪娱夜，政要青奴一味凉。

诉衷情
［宋］李清照

夜来沉醉卸妆迟，梅萼插残枝。酒醒熏破春睡，梦远不成归。
人悄悄，月依依，翠帘垂。更按残蕊，更捻余香，更得些时。

如梦令
［宋］苏轼

手种堂前桃李，无限绿阴青子。帘外百舌儿，惊起五更春睡。居士，居士。莫忘小桥流水。